小學生
標點符號自測

商務印書館

小學生標點符號自測

主　　編：商務印書館編輯部

責任編輯：洪子平　馮孟琦

封面設計：涂　慧

出　　版：商務印書館 (香港) 有限公司

　　　　　香港筲箕灣耀興道號東滙廣場樓

　　　　　http://www.commercialpress.com.h

發　　行：香港聯合書刊物流有限公司

　　　　　香港新界大埔汀麗路號中華商務印刷大廈字樓

印　　刷：中華商務彩色印刷有限公司

　　　　　香港新界大埔汀麗路 36 號中華商務印刷大廈 14 字樓

版　　次：2018 年 3 月第 1 版第 2 次印刷

　　　　　© 2016 商務印書館 (香港) 有限公司

　　　　　ISBN 978 962 07 0420 8

　　　　　Printed in Hong Kong

使用説明

(1) 把測試成績記錄下來。答對 1 分,答錯 0 分,每 50 題做一次小結,看看表現怎樣。

(2) 在「判斷題」部分,左頁句子使用的標點符號或者有錯。如果你找到錯處,請把正確答案寫在橫線上。在「選擇題」部分,請你判斷該使用哪個標點符號,選擇正確的答案。

(3) 做完左頁全部題目,才翻開長摺頁核對答案。無論答對還是答錯,你都應該仔細閱讀右頁的解説,弄清楚各種標點符號的正確用法,加深認識。

(4) 完成所有測試後,可以把這本書作「小學生標點符號讀本」使用。

判斷題

這些句子有沒有用錯標點符號呢？

如果弄錯了，請用筆把位置標出來，並寫上答案。

我走進課室，就看到小玲，明華，美賢都已經到了。

_____

「鬧鐘壞了。」媽媽說，「所以我今天來不及做早餐。」

_____

妹妹說，草地就像一張大地毯。雲朵就像一團團白棉花。

_____

弟弟愛吃零食的壞習慣不是今天才有、而是長期以來養成的。

_____

2

我走進課室，就看到小玲（、）明華（、）美賢都已經到了。

 三個人名都是詞語，而且三個人都同樣重要，因此應該用頓號。

 「鬧鐘壞了（，）」媽媽説，「所以我今天來不及做早餐。」

 前面引號中的句子表達了原因，後面引號中的句子表達了結果，不能分開。用了句號，就會令句子意思不完整。

 妹妹説，草地就像一張大地毯（，）雲朵就像一團團白棉花。

 後面的兩句話都是妹妹説的，如果用了句號，就表示後一句不是妹妹説的了。

 弟弟愛吃零食的壞習慣不是今天才有（，）而是長期以來養成的。

 用「不是……而是……」連接的兩個句子，一定要用逗號。

下課後，有的同學留在操場打籃球。有的同學結伴回家。還有的同學要去補習社。

———

很多二三流的演員都很想當電影電視的主角。

———

媽媽今天買了生菜、豬肉、和魚。

———

爸爸說，今天我們一起為媽媽做個生日蛋糕吧！

———

下課後，有的同學留在操場打籃球，有的同學結伴回家，還有的同學要去補習社。

 用「有的……有的……」連接的各個句子之間，必須用逗號。如果用句號，會令句子意思不完整。

 很多二、三流的演員都很想當電影電視的主角。

 當相鄰的兩個數字不表示大概數字，而表示同樣重要的關係時，中間應用頓號隔開。

 媽媽今天買了生菜、豬肉和魚。

在最後兩項同等重要的詞語之間，用了「和」字連接，在「和」字之前就不需要再用頓號分隔。

 爸爸説：「今天我們一起為媽媽做個生日蛋糕吧！」

 後面一句是爸爸説話的內容，所以要用冒號和引號。

👎/👍

我總是在想：這到底是甚麼原因呢？

👎/👍

可愛這個詞常常用來形容小孩子。

👎/👍

「你在做甚麼呢？媽媽。」

👎/👍

開往北京的高鐵甚麼時候開通，票價是多少，速度有多快？

我總是在想（，）這到底是甚麼原因呢？
如果「想」後面的內容比較短，就不適合用冒號，而應該用逗號。

 「可愛」這個詞常常用來形容小孩子。
「可愛」是需要特別指出的詞，用引號可以突出表達。

 「你在做甚麼呢（，）媽媽（？）」
問號是用在句子末尾，而不一定要用在表示疑問的詞語後。第一句後用逗號，這句話才顯得完整。

 開往北京的高鐵甚麼時候開通（？）票價是多少（？）速度有多快？
 這是三個句子，三個問題，所以需要用三個問號。

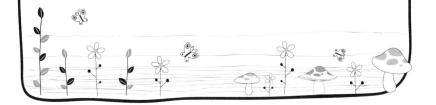

你問我，我又能問誰！

_____

大家都不明白為甚麼他能進入決賽？

_____

哥哥打電話到酒樓詢問除夕晚上到底還能不能預訂座位？

_____

這個疑犯到底是自衛？還是故意傷人？該怎麼判斷呢？

_____

你問我，我又能問誰 (?)
後面的句子是反過來問對方問題，應該用問號。

 大家都不明白為甚麼他能進入決賽 (。)
這個句子在講述一件事情，並非提出問題，所以應該用句號而不是問號。

 哥哥打電話到酒樓詢問除夕晚上到底還能不能預訂座位 (。)
 句子是講述哥哥打電話詢問酒樓的事情，而不是提出問題，所以應該用句號而不是問號。

 這個疑犯到底是自衛 (,) 還是故意傷人 (,) 該怎麼判斷呢？
 「自衛」和「故意傷人」，是後一句需要「判斷」的內容，而不是真正的問題，所以前面兩個問號要取消，改用逗號。

9

自助餐的菜式有：
牛扒、意粉、湯、
甜品等，大家都吃
得非常開心。

_____

小明在作文中
寫到：「他小聲
地說：你能幫
我解答這個問
題嗎？」

_____

這班列車的開出
時間是 17：58。

_____

經過這個車站的巴士有：
2X、102、106、84A 等，
你可以有很多選擇。

_____

自助餐的菜式有：牛扒、意粉、湯、甜品等 ⃝ 。
大家都吃得非常開心。

 冒號後提到的內容到「等」字就結束了，應該用
句號斷開。後一句話是表述別的意思，不應放
在冒號內。

 小明在作文中寫到 ⃝ ── 「他小聲地説：請問你
能幫我解答這個問題嗎？」

 如果一個不太長的句子中有兩個冒號，就會顯
得很累贅，所以第一個冒號換成破折號，句子
會顯得簡單一些。

 這班列車的開出時間是 17 ⃝ : 58。
在 24 小時制的時間顯示中，應該用冒號來分隔
時、分、秒的顯示。

 經過這個車站的巴士有：2X、102、106、84A
等 ⃝ 。你可以有很多選擇。

 冒號後提示的內容到了「等」字就結束了，應該
用句號斷開。後一句話是總結性內容，不應放
在冒號後。

多麼美麗的景色，我
舉起相機，把它永遠
留在我們的記憶裏。

＿＿＿＿＿＿＿＿

哎呀！我不知道
原來你也去了。

＿＿＿＿＿＿＿＿

我從小就愛聽爸爸講
「西遊記」的故事。

＿＿＿＿＿＿＿＿

媽媽說：「你今晚一
定要把功課做完」！

＿＿＿＿＿＿＿＿

多麼美麗的景色 ! 我舉起相機，把它永遠留在我們的記憶裏。

 前面一句是一個完整的表示強烈感情的句子，應該用感嘆號。

 哎呀 , 我不知道原來你也去了。
雖然「哎呀」常常表示感嘆，但在這個句子中並沒有表達很強的感情，語氣也不重，所以用逗號就可以了。

 我從小就愛聽爸爸講《西遊記》的故事。
《西遊記》是一本書的完整名字，應該使用書名號。

 媽媽說:「你今晚一定要把功課做完 ! 」
當引號裏有完整的一句話時，句子末尾的標點應該放在引號裏面。

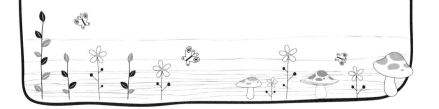

小明放學一回到家，就開始了他玩遊戲機的「工作」，把功課都扔到一旁。

他一邊走一邊想，「我怎麼才能打敗對手呢？怎樣才能拿到比賽的冠軍呢？」

在警察局旁邊也敢偷東西，這個小偷真是和尚打傘：無法無天。

食水從斷裂的水管中「嘩嘩」地往外流，真浪費啊！

這題正確，沒有標點錯誤。

對於學生來說，玩遊戲機並不是最重要的事情，所以這不是真正的「工作」，要加上引號表示特殊意義。

他一邊走一邊想：「我怎樣才能避開自己的缺點呢？怎樣才能拿到比賽的冠軍呢？」

當「想」的內容比較多的時候，就需要在「想」字後用冒號來提出後面的內容。

在警察局旁邊也敢偷東西，這個小偷真是「和尚打傘 ── 無法無天」。

「和尚打傘 ── 無法無天」這是一句經典的歇後語，在歇後語中必須用破折號。而且，在歇後語上加上引號可以顯示它的特殊意思。

這題正確，沒有標點錯誤。

「嘩嘩」是模仿聲音的詞語，當它出現在句子裏，應該放加上引號。

老師説：「歡迎大家積極參加節約能源比賽，成為「節能之星」。」

_____

總統在發表演説時指出：讓人們生活得更好才是他最重要的任務。

_____

他是一位非常長壽的老人，（從 1920 年活到今天），一直保持健康的生活習慣。

_____

這些兩、三歲的小孩子，天真可愛，哄得老人們非常開心。

_____

老師說:「歡迎大家積極參加節約能源比賽，成為『節能之星』。」

 在引號中，如果還要繼續用引號表示一些詞語的特殊意思，就要用雙引號了。

 總統在發表演說時指出，讓人們生活得更好才是他最重要的任務。

 這句話並沒有直接使用總統的原話，而是通過別人的嘴巴描述了他的說話內容，所以不能用冒號，而應該用逗號。

 他是一位非常長壽的老人（從 1920 年活到今天），一直保持健康的生活習慣。

 括號內的內容是解釋老人到底有多長壽，必須緊緊跟着「長壽的老人」，中間不用加逗號。

 這些兩三歲的小孩子，天真可愛，哄得老人們非常開心。

 句中的數字只表示孩子們的大概歲數，並不是非常準確的描述，所以數字之間不用加標點符號。

姐姐很清楚自己的缺點是甚麼;到了決賽的時候,她已經想到了應付對手的方法。

———

勝利了,不要驕傲;失敗了,也不要灰心。

———

我們的課本裏有輕鬆的笑話故事,也有詞語優美的古代詩歌,還有感人的散文;

———

啦啦隊員們在場邊不斷喊着:「中國隊……加油!」

———

姐姐很清楚自己的缺點是甚麼到了決賽的時候，她已經想到了應付對手的方法。

 第一句話是獨立的內容，而且後面的句子是第一句發展出來的，所以第一句句末應該用句號。

 這題正確，沒有標點錯誤。

這兩個句子都是獨立完整的內容，而且同樣重要，所以中間可以用分號隔開。

 我們的課本裏有輕鬆的笑話故事，也有詞語優美的古代詩歌，還有感人的散文。

 分號不能用在句子末尾，否則就表示句子還沒有說完，令句子表達不完整了。

 啦啦隊員們在場邊不斷喊着：「中國隊 —— 加油！」

 啦啦隊在喊出「中國隊」後要引出「加油」的口號，應該用破折號。而省略號用在說話中則往往表示沉默。

學習知識要善於思考、思考，再思考。

牀前明月光，疑是地上霜：李白。

我是警察，你說見到有賊人我能不去追嗎！

「這是哪裏？」他問：「誰救了我？」

學習知識要善於思考，思考，再思考。
句子後面三個重複的「思考」，是要表達強調的
意思，不應同時用頓號和逗號，只用逗號就可
以了。

牀前明月光，疑是地上霜。 —— 李白
當需要標明句子或文章作者是誰的時候，作者
名字前應用破折號。

我是警察，你説見到有賊人我能不去追嗎？
後一句是反過來向對方提出的問題，所以應該
用問號。

「這是哪裏？」他問，「誰救了我？」
當「問」字出現在兩個句子中間，而這兩個句子
又是別人説的原話時，「問」後面要用逗號。

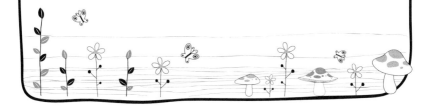

【標點符號知多點】

第一個介紹西式標點的中國人是誰？

　　在古時候，是沒有標點符號的，古人寫文章都是一口氣接連不斷地寫下去，人們只能通過一些詞語來分辨這是一句的末尾，這讓我們閱讀古代書籍時增加了不少困難。

　　在清朝末年，即一百多年前，有一個人叫做張德彝。他是中國第一所外國語學校的畢業生。他先後出國 8 次，在國外度過了 28 年，寫下了長篇的海外遊記。其中有一則遊記，專門介紹了 9 種西洋的標點符號，包括：「·(間隔號)」、「,(逗號)」、「;(分號)」、「:(冒號)」、「!（嘆號)」、「、(頓號)」、「?（問號)」、「「」(引號)」、「() 括號」、「——（破折號)」。

　　這樣，西方的較為完整的標點符號，就由這位張德彝先生首次引入了中國了。

【標點符號有段「古」】

紀曉嵐巧斷古詩

　　紀曉嵐是清代一位非常有學問的大才子，也是乾隆皇帝非常信任的大臣之一。

　　有一次，一位出使到其他國家的大臣回到京城，向乾隆皇帝獻上了一把象牙折扇。這把扇子做工非常好，價值很高，乾隆皇帝得到以後，愛不釋手。但是看着看着，乾隆又覺得這把扇子有個缺點：扇面一片空白，顯得太單調了。於是，他把紀曉嵐叫來，讓紀曉嵐在這把扇子上書寫一首唐朝詩人王之渙的《涼州詞》。詩的內容是這樣的：

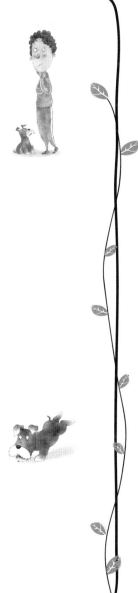

黃河遠上白雲間，
一片孤城萬仞山。
羌笛何須怨楊柳，
春風不度玉門關。

　　這一次，不知為甚麼紀曉嵐有點緊張，書寫的過程中竟然漏了一個「間」字。乾隆皇帝生氣地質問：「紀曉嵐，你的學問一直很好，這次居然漏寫一個字，是故意的嗎？！你這是欺君之罪！」他愈說愈生氣，甚至想把紀曉嵐殺掉。

　　這時候，人人都嚇得不敢出聲。紀曉嵐在情急之中，忽然想到一個辦法。他分辯說：「皇上，其實我並沒有漏寫字，這是我新改的詞呀！」乾隆「哼」了一聲，命令紀曉嵐當場唸出來。只聽紀曉嵐大聲唸道：「黃河遠上，白雲一片。孤城萬仞山。羌笛何須怨？楊柳春風，不度玉門關。」

　　乾隆皇帝這才轉怒為喜，稱讚紀曉嵐改得不錯。就這樣，紀曉嵐巧妙地為古詩重新斷句，救回了自己的性命。

【考考你】

　　下面有兩個完全相同的句子，加上標點之後就能表達不同的意思。請你來試一試吧！

我　贊　成　他　也　贊　成　你　怎　麼　樣
我　贊　成　他　也　贊　成　你　怎　麼　樣

答案在書末

在古時，中國曾稱呼錫蘭為『獅子國』。（今天的斯里蘭卡）

姐姐是比賽中跑得最快；最輕鬆的選手。

請給我一支圓珠筆，一支鉛筆和一個筆記本。

「蒙娜麗莎」是一幅世界著名的油畫作品。

在古時，中國曾稱呼錫蘭（今天的斯里蘭卡）為「獅子國」。

 括號中的內容說明了「錫蘭」相當於今天的甚麼國家，必須緊緊跟着「錫蘭」，不能放在句號後。當要表示特定的名稱時，應當加上引號。

 姐姐是比賽中跑得最快、最輕鬆的選手。
「最快」和「最輕鬆」是兩個同等重要的詞語，而且前後兩句應該是連在一起意思才完整，所以不用分號，應用頓號。

 請給我一支圓珠筆、一支鉛筆和一個筆記本。
按照三件物品的重要程度來看，並沒有先後輕重之分，用頓號較好。

 《蒙娜麗莎》是一幅世界著名的油畫作品。
要表示電影、電視劇、歌曲、圖畫等作品的名稱，應用書名號。

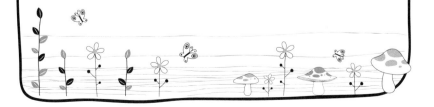

很多外國人一到北京，就想去「全聚德」吃北京烤鴨。

香港中小學從1998年開始，就把《普通話》列為核心課程。

同學們紛紛報名參加校運會，參加的項目有長跑、接力跑、跳高、跨欄……等等。

這件工作有點難……，我試一試吧！

這題正確，沒有標點錯誤。

「全聚德」是一家酒樓的名字，而不是作品名、文件名或書報名，所以應該加上引號。

 香港中小學從 1998 年開始，就把「普通話」列為核心課程。

 「普通話」在句中是一種課程內容的名稱，不應用書名號，而應用引號。

 同學們紛紛報名參加校運會，參加的項目有長跑、接力跑、跳高、跨欄……

 「等等」和省略號的作用一樣，都表示省略列舉出來的項目。所以用了省略號，就不需再用「等等」。

 這件工作有點難……我試一試吧！

一般句子中，用了省略號，那麼在省略號之後就不用再加逗號或句號了。

「走快一點，不然就
趕不上火車了！」
哥哥催促我說：

_____

校門的橫幅上寫
着：「歡迎新同
學」幾個大字。

_____

「哥哥，對，對不起，我錯
了小弟弟紅着臉向我道歉。

_____

我的媽媽很幸福，
因為她有我和姐姐
這兩個活潑可愛，
聰明伶俐，懂事乖
巧的好女兒。

_____

「走快一點，不然就趕不上火車了！」哥哥催促我說。

「哥哥」說的話放在句子的前面，後面講述的內容末尾就應該用句號，而不是冒號。

校門的橫幅上寫着「歡迎新同學」幾個大字。
如果句子中要用冒號，就不應出現「幾個大字」；如果要用「幾個大字」的說法，就不應用冒號。

「哥哥……對……對不起……我錯了。」弟弟紅着臉向我道歉。

弟弟很小心地同哥哥道歉，説話也斷斷續續的。要配合句子內容表達這種情形，應該用省略號。弟弟的話結束了，應該用句號。

我的媽媽很幸福，因為她有我和姐姐這兩個活潑可愛、聰明伶俐、懂事乖巧的好女兒。

在句子幾個同樣重要的形容詞之間，要用頓號。

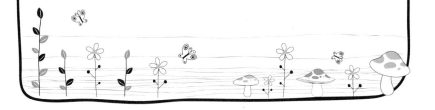

順治十八年——公元 1661 年，年僅八歲的玄燁正式登上皇位，後世稱為康熙皇帝。

爸爸高興地對弟弟說來吧，我們一起去摘荔枝！

人們常說「桂林山水甲天下」。

當老師問大家有沒有決心時，大家齊聲回答有！

順治十八年（公元 1661 年），年僅八歲的玄燁正式登上皇位，後世稱為康熙皇帝。

「公元 1661 年」是對「順治十八年」的解釋，是供讀者參考的，應該放在括號內。破折號引出的解釋則是正文的一部分，是不能分割的關係。這裏並不適宜用破折號。

爸爸高興地對弟弟說：「來吧，我們一起去摘荔枝！」

後面一句話是完整的用上爸爸的原話，所以應該加上冒號和引號。

這題正確，沒有標點錯誤。

這句話引號中的內容，是一句俗語，所以前面不需要加冒號。

當老師問大家有沒有決心時，大家齊聲回答：「有！」

大家齊聲回答的內容就是「有」這一個字，這裏表述的就是原話，所以要加冒號和引號。

姐姐新買了一部《三星》手機。

兩個大嬸在街市攤檔前吵架，就像兩隻『母老虎』。

在火車上，我們眼前不斷出現山坡、田野、山坡、田野。

這位老人十多歲就離開家鄉，來到香港當鞋店學徒至今已在港生活六十多年了。

姐姐新買了一部「三星」手機。

「三星」是手機品牌的名稱，不能用書名號。

兩個大嬸在街市攤檔前吵架，就像兩隻「母老虎」。

當在別人的原話中要表示強調，或表示詞語有特殊意思時，才能用雙引號。而這句並不是別人說的原話，而是講述一件事情，所以應該用單引號。

這題正確，沒有標點錯誤。

在這句話不斷重複的詞語之間用頓號，能夠生動地表現出火車上不斷見到的重複的景物，而這些景物的重要程度都是一樣的。

這位老人十多歲就離開家鄉，來到香港當鞋店學徒，至今已在港生活六十多年了。

「來到香港當鞋店學徒」和「已在港生活六十多年了」是兩層前後相連的意思，中間應該用逗號表示停頓，才能使句子表達得更清楚。

「哈哈哈」，姐姐聽到這個笑話，忍不住大笑起來。

_____

這也不行那也不行，我到底要怎樣做，你才會滿意啊？

_____

「綠洲，綠洲，我們終於找到綠洲了！」

_____

工會組織了慶祝五一國際勞動節的遊園活動。

_____

「哈哈哈！」姐姐聽到這個笑話，忍不住大笑起來。

姐姐「忍不住」所以突然大笑，屬於一種比較強烈的感情，所以「哈哈哈」後面適宜用嘆號。

這也不行那也不行，我到底要怎樣做，你才會滿意啊！

這句話表達的其實是一種強烈不滿的情緒，雖然有「要怎樣做」這種提問的詞語，但實際上並不是在提出問題，所以用嘆號比較好。

「綠洲！綠洲！我們終於找到綠洲了！」
在沙漠中行走了很久的人終於見到綠洲，可以想到這時候人的心情有多麼興奮和激動，所以在兩個連續的「綠洲」後都應用嘆號，才能表達出這種心情。

工會組織了慶祝「五一」國際勞動節的遊園活動。

用數字表示節日、紀念日或特殊日子的時候，要在日期上加上引號。

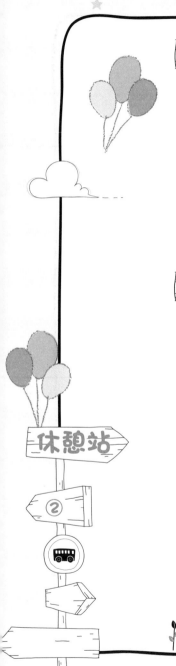

【標點符號知多點】

問號的來歷

在中國古代，人們寫文章不用標點符號。當他們要表達疑問時，就會使用一些表示疑問的詞語。

在西方古代，人們也跟中國人一樣，用詞語來表示疑問。羅馬人在表達疑問時，就用拉丁語的「guestjo」來表示。後來人們覺得每個問句都用這個詞太麻煩了，於是就把它縮寫成上面是「g」，下面是「o」的一個符號。這個符號慢慢地變成了今天的問號——「？」。

【標點符號有段「古」】

震撼人心的「？」

在二十世紀初期，中國有一位很有才華的人，叫做喬大壯。他在書法、詩詞和篆刻方面都很有成就，還精通法文，翻譯過不少外國作品。

喬大壯為人正直，對社會的不平事常常表達出自己不滿的想法。當時，政府巧立名目，向人們收取多種稅收，使全國人民都生活得很艱苦。當時喬大壯正在大學教書，他寫了一副對聯，來表達他對國家徵稅方式的不滿。這副對聯的內容是：

費國民血汗已？億？

集天下混蛋於一堂！

在上聯中，喬大壯在文字中加入了一個問號。這個問號其實代表某種數字，暗示這個政府已經花費了人民不知多少億的血汗錢。這個問號出現在中文對聯中，令人耳目一新，也鮮明地表達出他對政府徵稅做法的質疑。如果用了真實的數字，反而沒

有這種強烈的效果。

人們看到這副對聯後，都覺得大快人心，爭相傳誦，很快就傳遍了全國各地了。

【考考你】

古時有個讀書人，要去一個財主家當家庭教師。小氣的財主在合約上寫了幾個條件，讀書人看了，微微一笑，就答應下來。因為，他知道，即使要到縣官面前分辯，他也有辦法爭取到對自己有利的待遇。看看下面這幾個條件，你能猜到讀書人是怎樣解讀的嗎？

　　　無 米 麵 亦 可 無 雞 鴨 亦
可 無 魚 肉 亦 可 豆 腐 白 菜 不
可 少 無 銀 錢 也 可

答案在書末

上山遇到斜坡時，走「Z」形的路線是最省力的。

_____

二戰期間，這位偉大的媽媽靠自己的力量保護了十多個孤兒。

_____

爸爸說:「我從小到大都喜歡讀書，直到今天還是覺得『書到用時方恨少』」。

_____

貝多芬用了一夜的時間，才把這首曲子：月光曲記下來。

_____

38

這題正確，沒有標點錯誤。

 當句子要借用文字或字母描寫人或事物時，要用引號將文字或字母標出來。

 「二戰」期間，這位偉大的媽媽靠自己的力量保護了十多個孤兒。

 當句子或文章中有簡稱或縮寫的詞語時，就要用引號來突出顯示。「二戰」是「第二次世界大戰」的簡稱。

 爸爸説：「我從小到大都喜歡讀書，直到今天還是覺得『書到用時方恨少』。」

 爸爸原話的內容是非常完整的，所以句號應該用在引號內。

 貝多芬用了一夜的時間，才把這首曲子——《月光曲》記下來。

《月光曲》是音樂作品的名稱，要用書名號。而冒號後的解釋內容「月光曲」説完後就應該用句號。所以根據句子的內容，「這首曲子」後應用破折號。

爸爸出差回來，給我買了一本「小王子」，我高興極了！連忙翻開書，認真地看起來！

太平山風光秀麗，是觀賞香港夜景最好的地方；飛鵝山視野開闊，是九龍半島最高的山峰。

「快跑、快追！我們就要捉住牠了！」

他不但學習成績好，而且做事也乾脆、爽快。

爸爸出差回來，給我買了一本《小王子》。我高興極了（，）連忙翻開書，認真地看起來（。）

《小王子》是一本書，應用書名號而不是引號。爸爸買了一本書是一件完整的事情，所以在這句話的末尾應用句號。我「高興極了」雖然表示出非常高興的情緒，但因為後面的內容緊接着這句話，用嘆號會令句子不連貫，所以應用逗號。句末則因為並沒有表達出強烈的情緒而應用句號。

這題正確，沒有標點錯誤。
句子中描述的是兩座山，它們之間有着密切的聯繫，同樣重要，但又各自有比較獨立的表述內容，所以應該用分號。

「快跑（！）快追！我們就要捉住牠了！」
「快跑」和「快追」並不是同樣重要的詞語，而是說話人希望大家做的兩個不同的動作。雖然只有兩個字，但已經成為兩個短的句子，所以在這裏應用嘆號。

他不但學習成績好，而且做事也乾脆爽快。
人們常常把「乾脆」「爽快」這種很短的詞語連起來說，停頓太短，所以不需要加頓號了。

41

大澳有「香港威尼斯」之稱，漁民自製的鹹魚啊，蝦醬啊，魚肚之類都非常受遊客歡迎。

她先把弟弟弄壞的玩具拿給媽媽看，再告訴媽媽弟弟是怎樣怎樣的調皮。

昨天的作業太多了，全班只有十分之二、三的同學能完成。而作業的質量就更加不好了。

「這部冷氣機修好了吧！」他焦急地問。

新學年開始，一進校門，我們就能看到「歡迎新同學！」的橫幅。

這題正確，沒有標點錯誤。
在同時列出的幾種特產之間，因為有了語氣詞「啊」，所以不用頓號而應該用逗號。

「這部冷氣機修好了吧 ? 」他焦急地問。
根據句子最末的「問」字，可以知道這是一個問句，應用問號。

這題正確，沒有標點錯誤。
這個句子描述的是一件事情，並不是問題。「怎樣怎樣」是姐姐說明弟弟調皮的詳細內容，這裏只是省略的表達，應該用句號。

昨天的作業太多了，全班只有十分之二三的同學能完成，而作業的質量就更加不好了。
在表示大概數字時，停頓太短，不需要用頓號。

新學年開始，一進校門，我們就能看到「歡迎新同學」的橫幅。
在一個完整句子中間提到的標語、口號等，用引號來括起的內容，末尾不要帶其他標點符號。

參加大會的有各大傳媒的負責人，記者，電影、音樂和美術工作者。

曉華搖搖頭說：「難道你沒有聽過『逆水行舟，不進則退嗎』？」

他把這個故事講得那樣真實，感人。

這篇文章的題目就叫《美麗的一天：記秋遊之行》。

這題正確，沒有標點錯誤。

「負責人」和「記者」後都用逗號，「電影、音樂和美術」之間就用頓號，令句子內容變得有層次。因為電影、音樂和美術是比較密切相關的一個群體，所以他們之間用頓號比較好。

 曉華搖搖頭說：「難道你沒有聽過『逆水行舟，不進則退』嗎？」

 這句古語是完整地說出來的，所以雙引號應該括在「退」字後面。

 這題正確，沒有標點錯誤。

當同等重要的內容在句子中是說明事物的特點或狀態時，這些內容之間不用頓號，而應用逗號。

 這篇文章的題目就叫《美麗的一天——記秋遊之行》。

 在文章標題中，在副標題前應用破折號。

選擇題

下面的題目，選哪種標點符號才對呢？

（答案若是「\」，表示不需要標點符號。）

「昨天的故事講到
哪裏 __ 爸爸 __」
A. ，？　B. ？。

「好 __ 我們一
言為定 __」
A. ，。
B. ！。

「弟弟，別動 __ 你的
身邊有隻大馬蜂 __」
A. ！！ B. ，。

寧靜的鄉村環境優
美 __ 生活舒適 __
A. ！！ B. ，。

A

「哪裏」是表示提出問題的詞語，當它出現在句子的前面，問號就應該放在句末。

B

這句話表達出的情緒是比較興奮和激烈的，應該用上嘆號。

A

這句話表達出說話人緊張心急的情緒，而且只有不動才能避免被馬蜂蜇到，這句提醒非常重要，所以要用兩個嘆號。

B

這句話並沒有表達很強烈的感情，不應該用嘆號。

陳老師，我因病__故請假三天。

A.， B.。

他咬牙切齒地說：「我__不__會__放__過__你__」

A.—— —— —— —— —— ！

B.、、、、、！

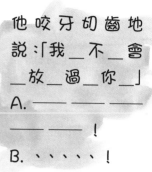

她現在是「泥菩薩過江__自身難保」，還怎麼能照顧老人和小孩？

A.…… B.——

「__」我知道是媽媽在對我說話，但就是聽不清她在說甚麼。

A.…… B.——

A
到「我因病」為止，句子並沒有結束的意思，所
以只能用逗號。

 B
頓號是令句子中間有斷開的感覺，破折號則是
注重聲音延長令句子連在一起。這句話因為要
表示「咬牙切齒」一字一頓的感覺，所以應該用
頓號。

 B
在歇後語中起解釋說明的作用，只能用破折號。

 A
要表示含糊不清或者省略的意思，只能用省略
號。

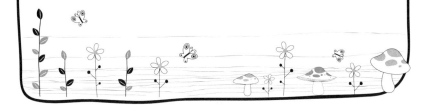

【標點符號知多點】

省略號是怎樣來的？

中文原本是沒有省略號的，當文章或句子內容遇到需要表示省略的情況時，常常用「等等」、「云云」之類的詞語來表示。

我們今天用的省略號，是從外文中引入的。在英文中，省略號是三個圓點，佔一格，一是表示話語意思未表達完，二是表示語氣斷斷續續。

當省略號初引入中國時，人們還是按照英文的用法去寫的。曾經有一段時間，省略號被用得比較混亂：有的人用三個圓點，有的人用六個圓點，還有的人甚至用到十二、十八或者更多的圓點，以此來表示多得不能用言語形容的意思。

後來，因為書刊排版印刷的方便，用六個圓點表示省略號的用法慢慢多起來，省略號的形式才漸漸統一。

到了今天，省略號不但統一了形式，在用法上還更加豐富。現在，省略號不但保持了原來的兩種用法，還可以表示重複內容的省略，表示沉默或思考等等。

【標點符號有段「古」】

祝枝山妙斥財主

祝枝山是明代的著名書畫家。有一年，一個姓錢的財主請他幫忙寫春聯。祝枝山覺得這個財主平時常常欺負鄉民，又愛錢如命，就想借這個機會來諷刺他。於是，祝枝山在對聯上揮筆寫下這樣一副對聯：

明日逢春好不晦氣，
來年倒運少有餘財。

來來往往的鄉親們看到，都這樣唸：

明日逢春，好不晦氣；
來年倒運，少有餘財。

錢財主聽了很生氣，知道自己被祝枝山捉弄了。他一氣之下就告官去了。官員把祝枝山傳召到公堂上，問他為甚麼要用這樣一副對聯去辱罵錢老闆。

祝枝山不慌不忙地說：「大人，我並沒有辱罵錢老闆呀，您看，我寫的全是非常吉利的話。」他當場把這副對聯唸出來：

明日逢春好，不晦氣；
來年倒運少，有餘財。

錢財主聽了，實在想不到別的話來反駁祝枝山。縣令也沒有辦法，只好對錢財主說：「你看，祝先生並沒有辱罵你。都怪你學識不好啊，還不趕緊道歉！」

錢財主心裏很不服氣，但是奈何不了祝枝山，只好向他道歉。祝枝山為鄉民們出了一口氣，開開心心地笑着離開了。

答案在書末

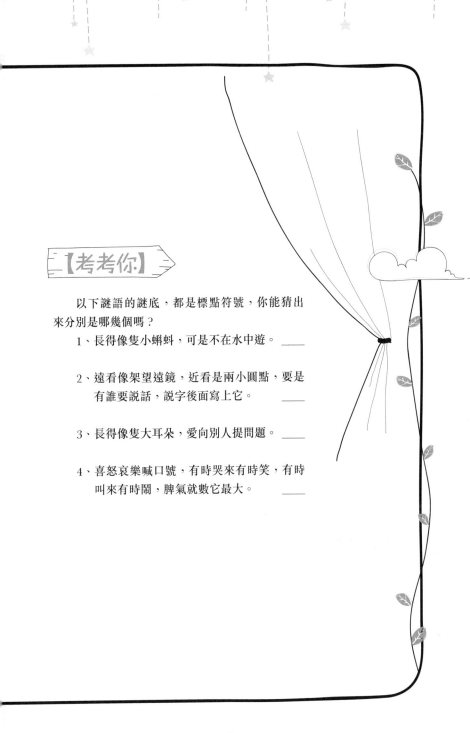

以下謎語的謎底，都是標點符號，你能猜出來分別是哪幾個嗎？

1、長得像隻小蝌蚪，可是不在水中遊。＿＿＿

2、遠看像架望遠鏡，近看是兩小圓點，要是有誰要說話，說字後面寫上它。＿＿＿

3、長得像隻大耳朵，愛向別人提問題。＿＿＿

4、喜怒哀樂喊口號，有時哭來有時笑，有時叫來有時鬧，脾氣就數它最大。＿＿＿

白日依山盡，
黃河入海流。
__ 王之渙 __
登鸛雀樓 __ __
A.（《》）
B.《（）》

有的同學學習
的確很 __ 用功
__，但卻沒有
用上正確的方
法。
A.「」　B.『』

「這裏的景色真
美 __ 媽媽是去
買門票了嗎？」
A.，　B.——

老師讓大家用「一邊 __
一邊 __」來造句。
A.，，　B.……　……

A

當要說明句子或文章內容的出處時，要書名號要用在括號內。

 A

這個句子介紹的是同學的學習情況，並不是別人說的原話。當要突出某個詞語時，就應該用引號。

 B

當一個人正在說話的時候，突然要轉到另一個話題，應該用破折號。如果不用破折號，那麼前一句的句末就要換成句號。

 B

當要連接句子中用到的互相關聯的詞語時，一定要用省略號。例如「有的……有的……」，「不但……而且……」等等。

老師說，合唱團的學生，最好懂一兩種樂器＿學舞蹈的學生，最好也喜歡學習音樂＿等等。

A. 、\　B. ；；

一＿歷史影響

二＿地理因素

A. 、、　B. ，，

爸爸的公司希望請一些中＿英文都比較出色的暑期實習生。

A. \　B. 、

調皮＿指愛玩愛鬧，不聽勸導。

A. ；　B. ：

B

在前面幾個句子中，表示同等重要的句子之間如果用了分號，句子末尾的「等等」前也要用分號。

 A

用在表示次序的中文數字後，要用頓號。這種用法一般出現在文章正文的小標題中。

 A

在表示省寫的字詞中間，並沒有停頓的需要，不需要用頓號。

 B

冒號可以用來引出詞語的解釋，這種用法在字典或詞典中很常見。

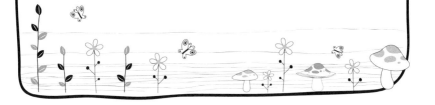

她不知道自己是不
是還能支撐到返回
祖國的一天 __
A. 。　B. ？

這該是一種
怎樣激動的
心情啊 __
A. ？　B. ！

今天是今年的最
後一天 __ 除夕。
A. ──　B. ……

為甚麼昨天你還說
得好好的 __ 今天
就反悔了呢 __
A. ？？　B. ，？

A

句子是描述了一件事情，而不是提出問題，所以應用句號。

 B

雖然有疑問詞「怎樣」，但句子並沒有提出問題的意思。實際上這是一個感歎句，應用嘆號。

 A

「除夕」是對「今年最後一天」的解釋，應用破折號。破折號後引出的內容有解釋說明作用。

 B

前後兩句和起來才能成為一個完整的問題，所以中間須用逗號。

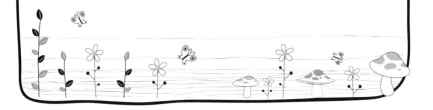

哥哥考上了香港大學，讀中文系＿表姐考上了香港中文大學，讀物理系＿鄰居的姐姐則考上了美國的加州大學。
A. ；；　B. ，，

圖書館裏的書真多＿《格林童話》、《丁丁歷險記》、《十萬個為甚麼》＿我都很喜歡看。
A. 。，
B. ：……

我該去呢＿還是不去呢＿
A. ？？　B. ，？

你居然敢做這樣的事情＿
A. 。　B. ？

60

A

幾個句子的內容都是講述哥哥姐姐考上的大學，句子之間的關係是同等重要的，應該用分號。如果用逗號就會容易令人覺得混亂。

 B

第一句後要提示後面的內容，所以要用冒號。因前文提到書很多，在幾本書名後加上省略號比較合適。

 B

這個句子的問題是「去還是不去」才算完整，所以中間不能用問號，而應該用逗號。

 B

從話的內容，可以看出說話人有不相信、質疑的情緒，不是普通敘述句，該使用問號。

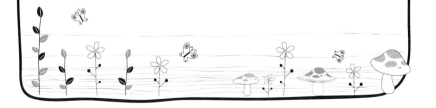

61

哥哥的作文題目就叫做＿論＿西遊記＿中的人物性格特點＿。
A.〈《》〉　B.《〈〉》

「中國的首都是＿」
「北京！」
A.……　　B.──

這些公共財物，是屬於學校的＿而儲物櫃中的存放的物品，就是同學們私人的東西。
A.；　B.。

風聲＿雨聲＿讀書聲，聲聲入耳＿家事＿國事＿天下事，事事關心＿
A.、、；　、、。
B.、、，　、、。

B

「論《西遊記》中的人物性格特點」是哥哥寫的文章的標題，要用雙書名號括起來，《西遊記》是著作的名稱，但因為包含在雙書名號中，就要用單書名號括上。

B

破折號的其中一種用法，就是表示語言突然中斷，省略號則表示猶豫或者語音延長。第一句話沒說完，根據內容就可以知道說話人希望別人直接說出答案，所以其實這一句話是中斷了的，應該用破折號。

A

前後兩部分的句子是講述屬於兩種不同人的東西，是同等重要的關係，如果用了句號就令句子顯得不完整。

A

這是一副著名的對聯。上下聯的內容之間，意思是互相關聯，但是下聯又比上聯的意思更深一層，所以需要用分號。

我們根本沒有選擇「做」＿還是「不做」的自由。
A.、 B.＼

我和妹妹把紙燈籠撐開，點着蠟燭放進燈籠裏＿兩盞發出溫暖燭光的小燈籠就出現在我們面前。
A.， B.。

唉＿我現在真不知道該怎麼辦。
A.！ B.，

姐姐考入大學後，學習更加認真勤奮了＿
A.！ B.。

B

句中雖有表示選擇的兩個同等重要的詞語，但因為有了「還是」這個詞語連接起來，就不用再加頓號了。

 A

這三句話是連續發生的事情，中間不應用句號，否則就令句子意思表達得不完整不連貫了。

 B

這句話並沒有表達很強烈的感情，用逗號就可以了。

 B

看這句話的意思，並沒有表達出非常強烈的情緒，不需要用嘆號。

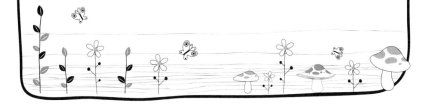

這個酒店的房間有一個最大的特點＿所有的陽台都能看到海景。
A.： B.，

哥哥說：「看，蜘蛛吐出的絲，繞成了一個＿米＿字。」
A.「」 B.『』

聽到槍聲，爸爸嚇了一跳：「難道是有賊人＿」
A.？ B.！

獎金＿作獎勵用的錢。
A.： B.，

66

A

後一句是對前一句「最大的特點」的解釋，所以前面應該用冒號。

 B

這句話是哥哥的原話，所以，在句子中要借用文字來描述事物的形狀時，就應用雙引號。

 A

根據句子內容，雖然爸爸有驚訝的情緒，但使用了「難道」兩字，表明這是一個反問句，應該使用問號。

 A

後一句是對前面「獎金」一詞的解釋，應該用冒號。這種情況常常在字詞典中見到。

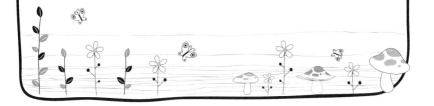

實際上，我的成績並不是最好的（因為比賽中臨時有選手犯規，被大會取消了成績 __）__ 所以仍然需要繼續努力。
A. ，、　B.、，

不到一歲的小弟弟，對花園中的花啊 __ 草啊 __ 樹啊 __ 遊樂設施啊 __ 都非常感興趣。
A. 、、、，
B. ，，，，

中國的四大發明 __ 指南針、火藥、印刷術、造紙術，對世界文明發展有非常重大的貢獻。
A. ：　B. ——

宇宙中有沒有外星人 __ 它們有沒有來過地球 __ 我們能不能跟它們交流 __ 這些問題人們一直沒能找到答案。
A. ？？？　B. ，，，

B

在括號中的內容雖然是相對獨立完整的，也比較長，但句末標點仍然要標在括號外。

 B

雖然句中有連續幾個同樣重要的詞語，但因為這些詞後面都有語氣詞「啊」，所以不應用頓號，而應用逗號。

 B

若用冒號，則「造紙術」後就要用句號，因為冒號後的內容應該就是說明四大發明是甚麼。所以句中應用破折號。

 A

前三句是三個獨立的問題，應該用問號。

這部電影有兩大亮點：
第一 __ 集合了很多實力
派演員 __ 第二 __ 服飾
佈景設計得非常精美。
A. ，；， B. 、、、

爺爺家天台種了很
多植物，有菊花
__ 蘭花 __ 桂花，
還有幾盆蔥呢！
A. 、、 B. ，，

他簡直是一
個天才 __ 偉
大的天才！
A. ……
B. ——

敦煌的莫高窟中
有一個不大的洞
窟 __ 藏經洞。
A. ， B. ——

A

「兩大亮點」的內容，是同樣重要，但又不能用句號隔斷的。而如果用逗號，則令句子的層次不夠清楚。所以在兩個亮點之間應用分號。而在「第一」、「第二」等用漢字表達的次序詞語之後，要用逗號，頓號是用在中文數字後的，例如「一、」。

A

幾種花的名稱一同出現在句子中，並沒有先後輕重的關係，停頓得也比較短，所以應該用頓號。

B

當要表達更進一層的意思時，就要用破折號。

B

「藏經洞」就是對這個「不大的洞窟」的解釋，應該用破折號來連接。

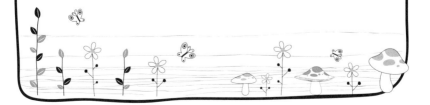

【標點符號知多點】

令人迷惑的分號

中國引入西方的標點符號系統之後，人們就認識到分號的重要。英文中的分號，是用在句子中間的，表示比逗號長、比句號短的停頓。這樣，人們就可以隔開一個大句子中那些相對獨立，或者已經用了逗號的小短句。

但是，在分號沒有統一形狀之前，人們曾有過很多不同的提議。有人認為可以寫成「◎」，有人認為可以寫成「；」或「△」，還有的人提議寫成「¨」。甚至是名稱，也曾被不同的人提議為「長讀」、「停點」、「頓點」等等，真是五花八門，甚麼說法都有。

到了1920年，在一項關於標點符號的議案中，終於確定了採用西式標點「；」來表示分號，「分號」這個名稱也正式確定下來。

語言總是在不斷發展的。到了今天，分號的用法豐富了很多，比如在分條敘述的條例文件中，往往就要在一個條例後面用上分號。你還能從認識的分號用法中，舉出更多例子嗎？

【標點符號有段「古」】

標點重要不重要？

　　標點傳入中國之後，對讀者閱讀文章幫助很大。但是，當時的出版社卻不重視標點，所以計算稿費時，標點不算入字數內，不需付費。

　　有一年，著名作家魯迅為上海的一個書局翻譯了一本書。書局的老闆卻要求在付稿費時，不計算標點符號和分段所產生的空格數量，只看實際字數。魯迅認為這樣非常不合理，於是，他乾脆就把自己的翻譯稿從頭到尾連了起來，不分段落和章節，也沒有標點符號。通篇文章，連一個空格都沒有，就把稿子抄給書局的老闆。

　　書局當然沒有辦法去出版這樣一份書稿，於是，這個書局老闆只能低聲下氣地寫信向魯迅先生道歉，並希望魯迅先生能給書稿加上標點，分開段落和章節。

　　魯迅先生回信給老闆，提出既然一定要加標點符號，那就證明它們對文章是非常重要的，所以也應該算在書稿內容的字數之內，付給稿酬。

　　書局老闆無法反駁，只能答應了魯迅的要求。

　　這件事之後，不斷有作者提出同樣要求。後來，出版社也逐漸接受「計算字數時要包括標點符號」這種做法了。

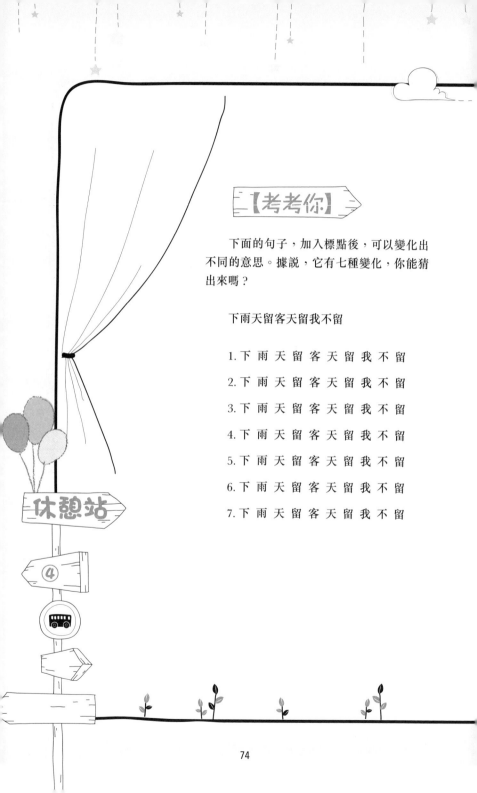

【考考你】

下面的句子，加入標點後，可以變化出不同的意思。據說，它有七種變化，你能猜出來嗎？

下雨天留客天留我不留

1. 下 雨 天 留 客 天 留 我 不 留

2. 下 雨 天 留 客 天 留 我 不 留

3. 下 雨 天 留 客 天 留 我 不 留

4. 下 雨 天 留 客 天 留 我 不 留

5. 下 雨 天 留 客 天 留 我 不 留

6. 下 雨 天 留 客 天 留 我 不 留

7. 下 雨 天 留 客 天 留 我 不 留

休憩站

4

74

答案在書末

哪裏有小東 __ 哪
裏就有歡樂 __
A. ，。　B. ？！

要不是姐姐提醒我，
我還不知要等到甚麼
時候才能回家呢 __
A. ？　B. ！

證券交易所裏穿紅色背
心的是經紀人 __ 穿黃色
背心的是管理和服務人
員，這是全世界統一的。
A. ，　B. ；

亞馬遜河 __ 尼羅河 __ 密西西
比河和長江是世界四大河流。
A. ，，　B. 、、

A

雖然句中有「哪裏」，但實際上並不是提出問
題，只是表示「每一個地方」的意思，所以第一
句後應該用逗號。

 B

這句話實際上是在講述一件事情，而不是提出
問題。句末的「呢」是表示感嘆而不是疑問，所
以應用嘆號。

 A

前兩個句子雖然意思比較完整，但結構比較簡
單，所以不需要用分號。

 B

四條河流的名稱在這個句子中同樣重要，所以
這些名稱之間的短暫的停頓，該用頓號。

正方形就是四條邊一樣長＿四隻角都是直角的圖形。
A.，　B.、

我和妹妹已經商量好，這個寒假去瑞士＿或者韓國滑雪。
A.、　B.、

昨晚我很早就睡覺，今天早上五＿六點已經醒了。
A.、　B.、

老師讓我們暑假在家好好地讀《西遊記》＿《海底兩萬里》＿《綠野仙蹤》這幾本名著。
A.、、　B.、、

B

「四邊一樣長」和「四角都是直角」，對於正方形來說是兩個同等重要的條件，它們的關係非常緊密，所以應該用頓號。

 A

在兩個國家的名稱之間，加入了「或者」、「和」這種詞語，就不需要再用頓號了。

 A

在表示大概的數字之間，不需要停頓，所以不需用頓號。

 B

句子列出的幾本書都是同樣重要的，而且間隔比較短，所以在書名號後還應加上頓號。

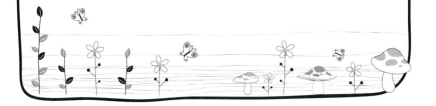

「你記得來接我放學呀!」弟弟對媽媽說＿「一下班就來!」
A.：　　B.，

爸爸在認真地統計：哪些雜物已經破舊，是要丟棄的＿哪些物件不能缺少，是新屋必須用到的＿哪些東西是可用可不用，要暫時留下來的。
A.，，　　B.；；

這不僅僅是你一個人想不想做，願不願意做的問題＿還影響全隊人是否能獲得參賽資格。
A.，　　B.；

＿獨角獸號的秘密＿是選自《丁丁歷險記》的一篇故事。
A.「」　　B.《》

B

在前後兩句弟弟說的話中間，雖然有「說」這個動詞，但它的後面不能用冒號，應該用逗號。

B

在句子列出的三種不同情況中，都有逗號分隔開。在這種情況下，講述三種不同情況的句子之間，就要用分號隔開，才能表達出完整連貫的意思。

A

前後句子之間的關係，有更進一層的意思，所以不能用分號。

B

一套叢書系列的名稱應該用書名號，而其中一個故事的名稱也應該用書名號，而不是引號。

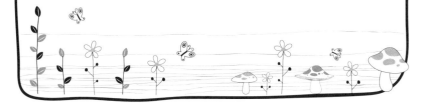

媽媽笑着説：「這是番薯粥＿＿這就是我們的早餐。」
A. …… 　B. ——

大詩人蘇東坡寫過這樣的詩句＿＿人有悲歡離合，月有陰晴圓缺。＿＿
A. ：「」　B. ，\ \

爺爺説：＿＿你們可真是要＿＿吃一塹，長一智＿＿啊！＿＿
A.「『』」
B.『「」』

蟬的幼蟲初次出現於地面，需要尋找合適的地方＿＿矮樹、籬笆、灌木叢、野草、灌木枝等＿＿褪掉身上的皮。
A. ：、　B. —— ——

B

「這就是我們的早餐」是對「番薯粥」的解釋，應該用破折號。省略號並沒有表示解釋內容的作用。

A

因為句子中的詩句是全句引用的，所以在「詩句」後應加冒號和引號。

A

爺爺的話是完整的，應該加上引號。「吃一塹，長一智」是一句俗語，在爺爺的話中完全地用上了，所以應該用雙引號。

B

句中「矮樹」等一系列的植物，是對上句「合適的地方」的具體解釋，應該用破折號連接句中的上下文內容。

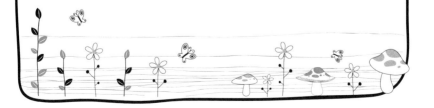

83

這是爺爺畫得最好的畫，是他幾十年的汗水 __ 不，是一生的心血！

A. ， B. ──

這位老師總能幫助學習差的學生提升成績，實在是有 __ 點石成金 __ 的本領。

A.「」 B.『』

一首受歡迎的歌曲，旋律要好聽 __ 歌詞要優美，意思淺顯 __ 還要在適當的時候推出，才能容易流行。

A.；； B.、、

直到我長大了，才能真正體會到「一寸光陰一寸金，寸金難買寸光陰 __」這句話的含義。

A.。 B.\

B

「心血」比「汗水」更進了一層，這裏應該用破折號去表達。

A

「點石成金」是需要特別指出和要強調的特點，所以應該用單引號。雙引號要用在引號的句子內容之內。

A

「旋律」、「歌詞」、「推出時間」，對一首歌曲是否受歡迎來說是三個同等重要的條件，且句子在講述每個條件時還有停頓，所以應該用分號，而不能用頓號。

B

在一個大句子中提到的完整的諺語，要用引號括起來，但引號中的內容末尾不需用句號。

這位老人家，曾經擔任我們小學的榮譽校長 __ 高小中國語文科的科主任。
A. ，　B. 、

對於妹妹來說，快樂的一天就是：一、能吃到好吃的食物 __ 二、可以想玩多久就玩多久 __ 三、晚上在媽媽的懷中入睡。
A. ；；　B. 。。

「華仔，快起牀！要遲到了！」媽媽大力地敲門 __ 「已經7點了！」
A. 。　B. ，

姐姐不滿地説：「我剛收拾好你就來搗亂，可真是我的 __ 好幫手 __ 啊！」
A. ＼＼ B. 『』

A

當句子中同等重要的兩個部分都比較長、字數較多的時候，適宜用逗號。

 A

當句中各項條件是逐點提出的時候，每點之間應用分號。

 B

因為「媽媽大力地敲門」後還有一句話，所以應該用逗號。

 B

根據句子內容，可以知道姐姐說的「好幫手」其實正是嘲諷的意思，她是在說反話，所以應該加上引號，又因為在姐姐的說話裏引用，所以要用雙引號。

愛迪生發明了電燈、留聲機、橡皮＿他的一生都離不開發明創造。
A. ……　B. ——

船員們遠遠看到了一片模糊的像山一樣的黑影＿陸地！
A. ——　B. 。

同學們在體育＿藝術類競賽中取得的成績＿在社會公益＿工作實踐中獲得的好口碑＿都為學校爭得榮譽。
A. 、、、　B. 、、、

他說＿＿他不能隨便決定這麼重要的事情。＿
A. 、、、　B. ：「」

「你怎麼跑那麼快＿我快下車了。」
A. ……　B. ——

A

後面一句説到愛迪生一生的發明很多,所以前一句後應該用省略號。以省略號表示還有其他不再一一舉出例子的作用,表達出愛迪生的發明還有很多很多的意思。

A

「像山一樣的黑影」是甚麼東西呢?實際上是「陸地」。這裏應該用破折號,因為破折號後是對前面內容的解釋。

B

當句子中有兩對同等重要的內容列出來時,長的內容之間用逗號,短小的內容之間用頓號。

A

句子只把「他」説的話大概説出來,而不是把原話全部寫出來,所以不需要用冒號。

B

破折號能表示一段話的意思的轉折,或者話題的轉換,所以這句話中應該用破折號。

犯錯，找原因，不再犯錯＿這是每個人克服自己缺點的過程。

A. 。　B. ——

說起怎樣才能做出一個美味的蛋糕＿姐姐有自己獨特的方法。

A. ？　B. ，

到底是你錯了＿還是我錯了？

A. ？　B. ，

哥哥知道很多中國古代的著名詩人，比如李白＿杜甫＿蘇東坡等等。

A. 、、　B. ，，

各路高手聚集在這個舞台上，施展各自的本領，真是「八仙過海＿各顯神通」。

A. ，　B. ——

B

後一句話是前面幾句的總結，所以應該用破折號。

B

第一句話實際上是在講述一件事情，而不是提出問題，所以「蛋糕」後應用逗號而不是問號。

B

這是一個有選擇的問句，在兩個可選擇的問題之間，應用逗號。

A

這些詩人的名字是一齊說出來並且同等重要的，應用頓號。

B

引號中的是歇後語，在歇後語中，只能用破折號。

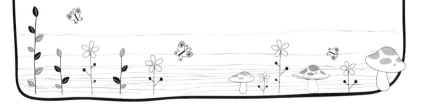

休憩站 1

1. 我贊成他，也贊成你，怎麼樣？

2. 我贊成，他也贊成，你怎麼樣？

休憩站 2

無米，麵亦可。 無雞，鴨亦可；無魚，肉亦可。
豆腐白菜不可少。無銀，錢亦可。

休憩站 3

1. 逗號　，

2. 冒號　：

3. 問號　？

4. 嘆號　！

休憩站 4

1. 下雨天留客，天留我不留。

2. 下雨天留客，天留我？不留。

3. 下雨天留客，天留我不？留。

4. 下雨，天留客；天留我不留！

5. 下雨天，留客天，留我？不留。

6. 下雨天，留客天；留我不？留。

7. 下雨天，留客天，留我不留？

商務印書館(香港)有限公司
THE COMMERCIAL PRESS (H.K.) LTD.

階梯式分級照顧閱讀差異

◆ 平台文章總數超過3,500多篇,提倡廣泛閱讀。

◆ 按照學生的語文能力,分成十三個閱讀級別,提供符合學生程度的閱讀內容。

◆ 平台設有升降制度,學生按閱讀成績及進度,而自動調整級別。

結合閱讀與聆聽

◆ 每篇文章均設有普通話朗讀功能,另設獨立聆聽練習,訓練學生聆聽能力。

◆ 設有多種輔助功能,包括《商務新詞典》字詞釋義,方便學生學習。

鼓勵學習・突出成就

◆ 設置獎章及成就值獎勵,增加學生成就感,鼓勵學生活躍地使用閱讀平台,培養閱讀習慣,提升學習興趣。

如要試用,可進入:http://cread.cp-edu.com/freetrial/

查詢電話:2976-6628
查詢電郵:marketing@commercialpress.com.hk

「階梯閱讀空間」個人版於商務印書館各大門市有售

榮獲「最佳數碼共融獎」
HONG KONG
ICT AWARDS
2011 數碼共融及
無障礙設獎